Alli di adrodd y stori
**fwyaf doniol ERIOED?**

Wrth i ti bori drwy'r llyfr hwn,
ti biau'r dewis ar bob tudalen.

Pwy neu beth fydd seren dy stori?
Mae dros **60** o bethau
i'w dewis yma!

**Sawl stori alli di
ei hadrodd?**

**I Iago – A.G. & C.G.**
**I Olive x – T.N.**

Cyhoeddwyd gan Rily Publications Ltd. 2024
Blwch Post 257, Caerffili CF83 9FL


Addasiad: Llinos Dafydd

www.rily.co.uk

Cyhoeddwyd gyntaf yn y DU yn 2024 dan y teitl *Tell Your Own Story*
gan Ladybird Books, rhan o grŵp Penguin Random House.

Gan Adam a Charlotte Guillain

Darluniau gan Tony Neal



ISBN 978-1-80416-416-7

Mae cofnod catalog CIP o'r llyfr hwn ar gael gan y Llyfrgell Brydeinig.
Mae'r cyhoeddwr yn cydnabod cefnogaeth ariannol Cyngor Llyfrau Cymru.


Mae'r cyhoeddwr yn cydnabod cefnogaeth ariannol Cyngor Llyfrau Cymru.

Argraffwyd yn Tsieina

FSC www.fsc.org CYMYSGEDD Papur | Yn cefnogi coedwigaeth gyfrifol FSC® C018179

# DY STORI DI YW HON

Adam a Charlotte Guillain • Tony Neal
Addasiad Llinos Dafydd

RILY

Un tro, ymddangosodd ...

tylwythen deg ddigywilydd.

mwnci direidus.

estrys afreolus.

banana boncyrs.

gwenynen **anferthol.**

panda **hynod** chwareus.

selsigen fach wirion.

Roedden nhw'n byw ...

ar fws
llawn o liwiau'r enfys.

mewn jar
ludiog o jam.

mewn
sied
simsan.

mewn hen focs
esgidiau drewllyd.

tu fewn i losgfynydd.

tu fewn i glust flewog cawr.

tu fewn i fwced rhydlyd, llychlyd.

**Bob dydd, bydden nhw'n gwisgo ...**

nicyrs
ffrili
ffansi-pansi

siwmperi
gwlanog
gwallgof

sanau ac
esgidiau od

... ac yn mentro allan i'r byd i gael llawer o hwyl gwirion.

Un diwrnod, ar ôl gorffen gwneud yr holl bethau arferol, fel ...

gweiddi **"BŴ!"** ar fwystfilod

rhoi sbectol haul ar eu hanifeiliaid anwes

dangos i'r
gwylanod sut oedd
hedfan yn honco bost

cuddio
pryfed cop
ffug

gadael crwyn
banana ym mhobman

daeth syniad
gwych . . .

**PING!**

*Beth alla i ei wneud*
*i godi gwên ar bawb yn y byd?*
**meddylion nhw.**

**Rhoi hetiau ar bengwiniaid?**

**Goglais mwnci?**

**Gwneud babi yn brif weinidog?**

**Her a hanner! Efallai fod angen iddyn nhw arbrofi ...**

**Yn gyntaf, fe wnaethon nhw guddio eu hunain fel triniwr gwallt, a steilio ...**

creadur cecrus,
**ffyrnig**

gwraig fusnes
hynod smart

pwdl
'ylwch fi'

... gyda gwallt
newydd gwirion!

Nesaf, i'w cymdogion, fe wnaethon nhw geisio rhoi ...

welingtons yn llawn o jeli!

paentiad wyneb rhad ac am ddim!

losin blas brocoli!

reid ar fwrdd sgrialu wedi'i bweru gan roced!

Ar ôl hynny,
fe wnaethon nhw
daflu cacennau
cwstard at...

yr estronwr esgeulus.

y brenin barus.

y teigr **brawychus.**

y miltroed swmpus.

y canwr campus.

atat TI!
SYRPREIS!

Ond doedd neb yn chwerthin.

Yn y diwedd, ar eu hôl, daeth ...

creadur **gwyllt** gacwn.

pysgotwr cynddeiriog.

ci chwyrnllyd.

bochdew
mewn barcud.

neiniau
nyts.

beiciwr
mas o bwff.

darllenydd wedi'i orchuddio
â chwstard.

**Troi am adref amdani, er mwyn ...**

eistedd
ar glustog
soniarus

ysgrifennu llyfr
jôcs gwirion

cloddio twll
ac eistedd yno

peintio
eu hunain yn
las

taflu eu
brecwast yn y
peiriant golchi

rhewi
hetiau
gwlanog

... pan, yn sydyn,

gwaeddodd lleisiau
swnllyd iawn,
**“SYRPREIS!”**
A daeth llond bwced o ...

i lawr glatsh a glanio ...

# SBLAT!

... ar ben y criw i gyd!

SBLAT!

SBLAT!

SBLAT!
SBLAT!

Yna gwaeddodd pawb,
"Am stori
**ddoniol!**
Diolch am wneud
i ni
**chwerthin.**

**Ond nawr –**

# TI’N DREWI! CER I’R BATH!”

Da iawn, ti.
Am stori ddoniol!
Gest ti hwyl?